U0058954

名流詩叢 21

66 詩集——大地震‧海嘯和福島

森井香衣 (Kae Morii) ◎著　李魁賢 ◎譯

櫻花瓣飄落
在母親悲傷臉頰
已故孩童照
拿在手裡要出席
畢業或入學

前言

　　我在2008年為詩集《甘藍田和風力發電機》
（Cabbage Fields & Wind Power Generators）寫詩時，
看到七彩雲，有不祥的預感。不吉利的恐懼感，終於
在2011年3月11日發生大地震。超乎想像的強力海嘯太
可怕，摧毀廣大地區。接著，福島第一核電廠核子輻
射事件最為慘重。那是人禍，日本大敗，不亞於二次
世界大戰。遭受原子彈轟炸過的日本國內，安全神話
大獲全勝，推動電力發展，未有充分討論的共識。在
最慘重事件之前，已有某些核子事件發生過，但資訊
不足以阻擾核電開發。

　　電力公司和政府如此隱瞞體制，會造成事件對人
民生命的嚴重危害。可以說，對全體日本人毫無責任
感。遭受過原子彈的日本人，是內在的敗戰。自從二

次世界大戰結束後，就已啟動，引起改變精神和文化品質、經濟優勢、拜金主義、利己主義……。**不幸的預兆經過二次世界大戰後66年，已經顯現出來。**

森井香衣

2012.6.6

目次

I.
序曲

正是明媚春天時節，
麻雀成群來到我庭院。
「麻雀呀，為何貪吃？」
有些異常

午後，春天跟著麻雀來到……

2.
日本東部2011年3月11日大地震

地面突然向兩邊裂開

未經歷過的異象！

顫抖搖動直透天花板

樓窗尖叫、一切混亂、牆壁龜裂

我們瞬間起立，大地震接著襲來

電線杆搖擺、房屋崩塌、鑲框鏡子破碎

民眾受傷

消防車尖銳警笛聲

啊！終於發生了！

3.
大地在滑動

大地在滑動

滿地到處尖銳聲

天空也發抖

大自然驚恐抽筋

崩塌何時止

4.
宮城

震央周圍震度9.0級，海床
往東南東滑動24公里，上昇3公里。

剎那，一切大亂，屋倒，汽車拋向空中
生命線斷訊，海嘯驚恐，
人民逃往社區中心、學校、避難所。

「海嘯來囉，趕快逃到安全高地！」
防災電台一再重播呼叫

孩童湧下樓梯跑到校園
公務員趕緊去關水門

「海嘯來囉，趕快逃到安全高地！」

強勁海嘯高度超過15米，最高30米。

衝破堅固擋水牆

吞噬人民、車輛、房屋、大樓、機場、一切……

「海嘯來囉，趕快逃」

她優美聲音發抖，面前是破窗而入的汽車

入夜

鄉鎮在海嘯衝上來的海中燃燒

寒雪落到人民濕透的身上

5.
我甚至怕風

我甚至怕風吹送
來自福島爆炸輻射

每當地震來襲
我怕爆炸

我怕玻璃窗震動
清潔水、清潔空氣、清潔……

損失無法計算
正如輻射無法目視

6.
欲知受輻射

欲知受輻射

無色無味無證明

唯有等癌症

7.
異常橙色黃昏

那是什麼？

我看到空中異常沉靜

在3月12日福島核電廠[1]破裂後

由於停電[2]，15:36一號機氫爆[3]

18:25發出20公里區域內人民避難通告

20:20最後絕招灌注海水

翌日，三號機無法冷卻

---

[1]　福島第一核電廠

[2]　全面停電，以致停掉緊急冷卻系統，造成連串爆炸的高度危機。為
　　此，開啟排氣孔。政府發布緊急能源聲明。

[3]　第一次氫爆，在現場周圍輻射劑量1015μSv/h。

一號機、二號機、三號機、陸續爆，而四號⋯⋯

白煙

天空失去面貌

我院子裡綻放奇異大朵蒲公英

8.
自衛隊直升機

我屋頂上
自衛隊直升機不斷怒吼
從早到晚

高速公路裂開、道路寸斷……
核子災變

在山的那一邊
核子反應爐一個接一個破裂

直升機在核電廠上空

於爆炸區周邊灌注海水[4]

自衛隊直升機嗡嗡不停

於核子災變中

9.
人民

正在下雪

人民冷得瑟瑟發抖

沒有外套、沒有毛毯、沒有食物……

正在下雪

補給無法送到地震受害者

沒有油、沒有車……

最糟的是補給貨車停在福島附近

人人害怕輻射

廣島和長崎轟炸後66年

日本人深深悲痛

正在下雪

在我心中

慘白的櫻花盛開[5]

---

[5] 2011年3月18日有44人逃到避難所；8月8日，死亡15,698人，失蹤
4,666人。

10.
不會立刻致死

政府宣布
「輻射劑量不會立刻致死。」

宣布令人驚訝是因為
如果立刻致死，那是原子彈轟炸

可笑的否定句一再重複
首先點名菠菜宣布受到放射線污染
其次，點名到小魚

蔬菜使人擔憂
大魚怕有小魚在食物鏈裡

確實不會立刻致死

無人負擔罪名[6]

---

[6] 3月11日避難指標半徑3公里；12日早上10公里，入夜20公里。14日
室內避難20~30公里。

II.
校園靜靜的背包

海嘯退後荒廢的校園

不見人跡

一片靜靜無聲

許多濘泥的背包

不見學童影子

幾小時前，還是笑聲朗朗

在背包裡有

6歲學童筆記簿的小天使文字

8歲學童的快樂圖畫

12歲學童滿懷希望的長笛

母親傷心哭喊兒女

響徹靜靜校園

12.
櫻花瓣飄落

櫻花瓣飄落

在母親悲傷臉頰

已故孩童照

拿在手裡要出席

畢業或入學

13.
像在月球

恐怖的破裂反應爐
保持高劑量輻射

無人能接近
這荒地

全身罩著白色防護衣的人
戴上防毒面具

這是我們地球的景觀嗎?
那會是美麗福島的景觀嗎?

核彈和人類

我眼淚流乾了

恐怖的景觀像在月球

他們的恐懼隨汗水流進防護衣

14.
武力或和平

武力或和平

使用輻射地，荒謬

到地球末日

I5.
三位推銷員

災難兩天後

一位推銷員來販售家庭佛桌

「奉祀貴府祖先靈位」

翌日

一位漁夫從福島附近來

他苦著臉說

「請光顧我們新鮮魚」

下一天

嘮叨的推銷電話

核電關係企業公司打來的

「你家所有電力不是全部用電嗎？」

我拒絕了，全體日本人都必須省電

我沒聽到任何道歉

廢核廠！

16.
不用SPEEDI[7]

SPEEDI超級電腦

可在第一時間為政府

摘要放射性物料的擴散

SPEEDI可在15分鐘內取得資料

為了人民安全

一位官員忽視SPEEDI傳送的傳真紙

一位官員刪掉SPEEDI傳送的電郵

---

[7]　SPEEDI是緊急預報放射性效應的網路系統。

核電廠推動者隱藏資料

重要的5000件資料變成幽靈

他們怕了

他們不管了

最大量輻射在3月15日播散

那時，風吹向收容難民的北方

資料在3月23日開放

大量資料在五月後開放

17.
放射雲

福島第一核電廠爆炸

大片輻射雲飄浮

在上空

在恐怖景觀下

地震和海嘯難民

受到三重苦難打擊

「留在結構體內」

「關閉窗戶」

「不要開通風扇」

「滾水和蔬菜輻射量少」

碘片[8]交給部分人員

不是全體

難民渾然不知輻射資訊

他們逃往的正是高劑量地區

---

[8] 放射性碘可留8天，銫則30年。受輻射的放射性銫在3月20日時超過
100兆Bq/h，4月是200億Bq/h，6月10億Bq/h，12月剩下6千萬Bq/h。

18.
堪受限度

按照日本法律

一年1 mSv 是

天文輻射劑量

部[9]定竟對孩童提升到20 mSv

千分之一已經有致癌死亡之虞

平均餘額的魔術

成長中的孩童更加危險

---

[9]　MEXT：文部科學省，掌管教育、文化和科技。

福島為人母者正在哭泣

示威者在雨中抗議

國內外都在疾呼

雨滴打在無色傘上

我們從內心哭出來

雨水帶著輻射從樹葉流入土壤

從地表到河流、到自來水、到我們………

我們從內心哭出來

19.
車和人

許多人開車逃亡

有些火車平交道沒開啟

所有訊號都瞎了

因為地震停電的緣故

到處造成交通阻塞

海嘯追逐人，車輛亂鳴喇叭

生病的老翁老嫗、嬰兒和母親……

海嘯殘酷撕裂他們的生命

20.
恐懼抽搐臉

恐懼抽搐臉

海嘯吞噬哭喊聲

再度轉回海

毀城狂風捲沙塵

今日全變鬼

21.
破天已空無

破天已空無

一覽廢城眾鋼架

空氣太寂寥

22.
天上大油輪

天上大油輪

擱在大樓屋頂上

災難一掃空

23.
老媼髮蒼蒼

老媼髮蒼蒼

雨雪打濕又孤單

兒孫均失落

24.
馬群在奔馳

馬群在奔馳

樂於誤解為自由

在無人居地

渾然不知輻射物

禱告無濟事

25.
花園與荒地

花園與荒地

海嘯所劃分界線

明顯生與死

26.
人人找家人

人人找家人

擦拭臉頰珠淚痕

夕陽照形影

27.
家庭困境

所有火車停在東京

大約一千四百萬人徒步

從辦公室走回家

擠在路上、河堤、鐵路平交道

他們走了一整夜

通勤50公里、100公里……

成為難民流落在車站、公園……

心裡擔心家

睡在冷地板、長椅、路旁……

無奈眼睜睜等待天亮

奇怪，許多人翌日回去上班。

餘震不斷

許多火車服務還是混亂

他們仍然按規矩去工作

28.
家人難歡顏

家人難歡顏

災情聯想到損失

親情的結合

29.
星光

城市通明的燈光熄滅

我們取回星光

夜空滿天珠寶

我童心平靜下來

沒有汽車噪音

我想起父親常說童話故事

沒有24小時便利商店

我想起日夜分明的生活

沒有輻射

我想起豐富的自然生活

30.
鑽石星閃亮

鑽石星閃亮

在失光的土地上

慶祝平安夜

31.
祈和平重生

祈和平重生

在天災又人禍中

心裡有燭光

32.
防護輻射

孩童步行上學去

長袖、長褲、帽子加口罩

潮濕夏季依然如此

幼稚園的幼兒

只能在室內玩耍

校園、攀爬架、沙箱空空無人

透過窗口

孩童期待在那裡玩耍

成人清除輻射之日

33.
除了怕輻射

除了怕輻射

孩童要忍耐受苦

滿懷著心痛

34.
無屋無工作

無屋無工作

雙親愛心護稚孩

大地上珍寶

親情團結克痛苦

贏過生活災

35.
廢核廠

沒有人能夠停火
沒有人能夠在輻射地[10]生活

我能夠活多久？
六歲小孩問媽媽

在福島
小孩擔心未來
母親擔心餵嬰的母奶

---

[10] 福島輻射地面積一億平方公尺（一萬甲地），3月15日從雨水測得，
離核廠1公里劑量139μSv/h，離22公里為41.3μSv/h。

稻農受損

漁民受損

在危險輻射地區

有棄養家畜的殘骸

鄉鎮失去呼吸

沒有核廠能與人共存

與自然和諧

36.
生命的價值

在追求未來和平

全部失落

在受輻射的土地

生命苞蕾、大地呼吸、天空燦爛……

甚至笑容漣漪

全部失落

在被海嘯廢棄的土地

花卉歌聲、鄉下陽光、人影……

甚至幸福笑容

全部失落

在被地震毀滅的土地

自從66年前

到如今

對全人類的警惕

在三重悲劇裡看到虹橋

我們要活下去看明天

37.
裝滿淚水

土壤還是柔軟像人類皮膚

河川在生還者和死者之間暢流

不易離開你手心的溫暖

滑入河流中

我的悲情與你同在

啊，藍海和荒廢的土地呀

河裝滿我的淚水[11]

---

[11] 3月13日，離福島100公里的輻射劑量21μSv/h，是正常的700倍，人
受到20倍劑量時，就需要內部疏散。在1984年已祕密研究受到原子
飛彈攻擊的危機，預計死亡人數18,000，從至少30公里、至多87公
里疏散。在福島現實情況，政府指示從20公里避難。

38.
成本

建核電廠的成本

維護核電廠的成本

我們稅金投入多少？

誰得財富而誰損失？

我們要算帳

受到輻射的海、河、山

無利潤的農業、漁業、林業

孩子的未來、希望、生命安全

犯罪代表人應負什麼責任？

我們要算帳

動物不懂「輻射」

罪過只有人會犯

我們生活格調、飲食文化、自然哲學[12]

點亮我們的倫理

---

[12] 日本首相菅直人試圖改用自然能，但因重建速度慢，在8月26日辭
職。野田佳彥接任後，繼續推動。

39.
超過想像

地震震度九級超過想像

強力海嘯超過15米超過想像

專家沒有過意象

科學家沒有計算過危機

政治家沒有討論過損害

大家都說我們無法想像

然而我們住在地震國度

然而我們都很明白海嘯

海邊的輻射器失去動力

核子反應爐一個接一個爆炸

天災加上人禍

避難區從10公里擴大到30公里
等輻射飄流後呢？

40.
福島饑荒

有些受害者在悲劇中
在悲慘核子事件裡
在無人能居留的土地
餓死了

他們死訊在一年後播報
到底他們等了多久
沒有食物、水、醫療支援、雪天暖氣
如此日本！

到底他們等了多久才餓死
到底他們等了多久期待被找到
他們受到輻射和孤立的訊息杳然……

無人幫助他們
無人能夠幫助他們

啊！哀哉！
如此日本，在福島！

41.
心靈

悲劇後一星期同一時間

滾滾濁流突襲我的白日夢
我奔上鐵道車站台階

「趕快！海嘯來吞噬我們囉！」
一位老人穿著黃夾克傷心搖頭
我跑下暗處又跑上車站
蒼白的人……凍僵的臉色……

「沒有火車來載我們。」
隧道暗處喃喃低語

我感受到人的心靈在邀我

我張開眼睛

發現幽影車站名字，在真實地圖上

人的心靈在呼叫救命……

人的心靈在呼叫……

42.
詩人宮澤賢二紀念碑

夢中聽到已故詩人宮澤賢二[13]在呼喚我

我來到此地

空洞的隧道口，廣闊孤立的土地……

只有黃夾克在你的詩碑上

---

[13] 宮澤賢二（1896~1933），在他出生前兩個月，三陸海域發生地震和海嘯（M8.5）。他出生後五天，發生陸羽大地震（M7.2）。災區遭遇最慘的是寒冷氣候肆虐。他寫詩、短歌、兒童故事，關心農民。我在夢中聽到的車站名字是「黑金鋼，志摩無志」。「黑金鋼」是其著作《卜多力傳》（グスコーブドリの伝記）中的火山。主角卜多力是一位工程師，試圖以死來控制氣候，幫助窮苦農民。詩碑立在車站旁，全部被強力海嘯所毀。在空無中，宮澤賢二好像要告訴我們什麼事。

詩人賢二呀！要對我說什麼呢？

這裡空空如也

只有詩碑直角對著海岸線

怎能免於海嘯摧毀？

你告訴我

關於「減少損失」

關於「人與自然」

以及《卜多力傳》的教訓

核子事件的敢死隊與主角重疊

荒地再過去

青翠松樹植被的島嶼正閃閃發亮

43.
科學

嗨，威力的原子。

我們愛你，還有你的鈾姊妹。

21世紀據說是原子能時代

原子彈轟炸日本後，你在1951年出現[14]

那時第一座核電廠EBR-1在美國開始運轉[15]

示範「核子和平用途」

你出現在電視機上是1963年

JPDR[16]繼之以第一座核子反應爐

---

[14] 《原子小金剛》（Astro Boy）是出現在1951年美國卡通片的原子能英雄。

[15] EBR-1 是美國愛達荷國家實驗室第一座實驗增殖型原子爐（Idaho National Laboratory-Experimental Breeder Reactor No.1）。

[16] 日本電力示範反應爐（Japan Power Demonstration Reactor）。

EXPO' 70由核電廠點亮原子能

車諾比核電廠開始興建

2001年9月11日高喊「恐怖戰爭」

2003年是你生日，還有伊拉克戰爭。

新保守主義開炮

嗨，威力的原子。

「核電復興」在21世紀啟動

你們人的心裡怎麼感覺？

44.
核電廠鬼村

在地圖上找不到
政府裡存在的一個村莊

富有的居民
為開發核電廠
號稱「核子和平用途」
動用大量金錢

在日本深知核子恐怖
卻創造安全神話

出聲反對的學者被排除
防災措施大都被忽視

在深知地震和海嘯的日本

45.
顯身鬼

連預防未來災難的對策
有些電力公司還是拒絕

事實隱藏在小組裡
事實隱藏在政府裡

不為人民那要為什麼？
他們說「沒有核子工業難以生活。」
他們說「沒有經濟成長難有未來。」

廉價勞工在高劑量輻射中工作
分包商在分包公司底下

不談責任方的罪惡
不談改變原子能的計畫

無人能控制核裂變
二戰後核能與軍事工業的群鬼

46.
安全神話

像神話

沒人敢碰

沒人說真話

像神話

是由權威在詮釋

是由獲益者在崇拜

像神話

包裝在密卷裡

毀滅掉日本

47.
廣島和長崎

廣島和長崎

想念受害者，水滴

暗裡心悲悽

六十六年的沉重

糾纏陰影中

48.
悲劇

強調危機管理

耗費130億稅金發展超級電腦SPEEDI

在政府裡

據說「沒人注意其存在」

無通報輻射資料因為無監控的緣故

但透露事實和人為疏失

SPEEDI在3月14日通報美軍

再於23日知會日方

美國在18日把監控輻射圖送給日本

NISA[17]和MEXT[18]沒有把資訊告訴人民

甚至政府內部的關係單位

人民

拚命逃避大地震和海嘯

無資訊反而逃到輻射熱夯點

---

[17] NISA是核子工業安全署。

[18] MEXT是文部科學省，掌管教育、文化和科技。

49.
巨額債務

用過的核子燃料再處理再使用

許多用過的核子燃料要回收

那是一筆大財富

在福島核子事件後

變成大廢物

徒留輻射損失

二次世界大戰後

追逐財富之道終結

膝蓋斷了

突然

傲慢騷擾和平鳥的低語

對他們來說，鴿子不過是鴿子而已

50.
和平用偽裝

和平用偽裝

原子彈，鍊金墨守

核子試金石

51.
空無

在廣大廢地塵土如山
精疲力竭的男人影子在山腳下

苦海微風帶給他心痛回憶
空無……

為人民福利興建的豪華大樓
在受輻射地無人居住

異常景色和可怕寂靜
空無……

過去核能事件的教訓何在？

為何所有食物不像車諾比立刻檢驗？

對生命毫無尊重

空無、空無、空無……在心裡輪轉

福島啊！美麗名字聽來傷心

52.
廣島和長崎

廣島和長崎

加福島，核子昧心

捆綁大自然

53.
櫻花和回憶

在吞忍悲哭的土地上[19]

在淚痕中

櫻花開

分擔人民哀思

陪人民掉淚

花瓣紛紛飄落

「櫻花何以那麼美？」

回憶去年

人人仰望櫻花開

---

[19] 2012年5月，屋倒1百萬間。難民34萬人，其中宮城佔1/3，福島1/4，岩手縣1/8。遷移到他縣的難民，福島6萬2千人，宮城和岩首縣各1萬6千人。

54.
核電廠壽命

凡生命都有限期

凡物終歸破滅

福島核子事件後

核子反應爐壽命從40延長到60年[20]

立刻又回到40年有可能延長

怕用到故障核子反應爐

宣傳說：「便宜到不夠本」

可是成本很大

損失無限量

---

[20] 據說1970年代是30~40年。隨著技術進步，1996年延長到60年。

不用暖風機

怕用到故障核子反應爐

為禁止核電廠

遷移用過的燃料，拆除結構

恢復清淨土地，需要頭痛巨資

長期輻射垃圾丟給下一代

55.
稻田夕陽

福島核子事件後

所有青菜都失去呼吸

如今像這樣

風撫慰著青綠稻株

田水照映美麗的山岡和房屋

給孩童的鯉魚旗幡

在稻田上空招搖

多麼愉快的風景呀！

白色和紫色鳶尾花綻放了

我為福島人民祈禱

復原他們的生活

復原他們美麗的自然

夕陽從稻田落到地平線

一切生命在靜夜和星光下成長

明日太陽又東升

56.
獨住臨時屋

獨住臨時屋

回憶亡女過往事

傷心無色感

她如何過休假日

長等回家時

57.
新海水淹田

新海水淹田

受輻射，農婦淚流

悲傷深似海

58.
一年後家裡

一年後家裡

日曆仍是3月11

汽車停宅內

家鄉時間靜止中

街上風照吹

59.
夢接枝明日

夢接枝明日

孩童笑容彌滿心

掃除悲慟情

60.
戰敗者

日本敗在1945年原子彈

經過66年後

全體人民敗在國內核子事件

我們信守和平與文化吹了

隨著福島核電廠

一連串爆炸

我們因不幸而粉身

以沉重步伐

清理如山的放射性廢料

身體太弱無法從廢墟站起來

日本內部的戰敗者

61.
硯台盒擺放

硯台盒擺放

災難的難忍悲傷

墨黑的深度

62.
然而

核子事件279天後

政府發表「總結聲明」[21]

希望重啟核電

然而福島輻射已達高劑量

然而難民生活在困境中

然而，總是然而……

檢查不足

安全不足

然而，總是然而……

---

[21] 「總結聲明」發表於2011年12月16日。

日本擁有美麗自然

那是我們的心靈

眼看福島的荊棘路途

夕陽把我們的影子拉得更長

63.
閃電條紋

風力、太陽能、地熱發電……
自然的再生能源

我們活在自然界
上天恩賜

活著
僅需清淨空氣、水和食物
為此要求「安全」

風力發電機在海上運轉
太陽能手電筒在我院子裡照明
好像我在祈禱

三重災難喚醒我們

我重讀自己的詩集[22]

感謝神明

成為文字的風！

成為明日的文字！

---

[22] 森井香衣詩集《甘藍田和風力發電機》（Cabbage Fields & Wind Power Generators, 2008）。

64.
虛假與神話

破損的四號反應爐仍然只用布覆蓋

「安全聲明」由政府宣布[23]

福島核子事件調查

卻遲遲未完成

輻射廢料還是亂堆

福島受害者看不到災難出口

甚至接近破損反應爐130公尺發生龍捲風

沒有人去注意這個風險

---

[23] 「安全聲明」於2012年6月8日宣布。

只是一再重複核電「安全」

神話透露

人民之間充滿無助

日本將來還會見到核子事件嗎？

我們的孩子不得不再受災害嗎？

65.
致宮澤賢二

在貧農村民之間
你賜給他們藝術氣氛

金錢不能實現你的夢想
如今受到鹹水和輻射苦的農民
正開設「植物工廠」

花正開在
受到鹹水和輻射災害的田地

人類以科學為傲
你傷心恐懼正擊中目標

我們應能見到美夢嗎？

啊，賢二呀

你的夢還在永遠……

66.
再度運轉

　　總理大臣指示

　　「保護國民生計」

　　四座電廠違反日本天然

　　福井也是好米好魚出產地

　　琵琶湖是日本大水壺

　　既無預計輻射損害

　　也未獲市民同意

　　既無再度運轉推動者簽名

　　也未交出本票

無提出更好未來計畫

無國民公投

無選擇自由

日本信任危機

被輻射的日本[24]

---

[24] 核子事件委員會會長在2012年6月8日的評論。

附錄大事誌

　　在廣島和長崎的原子彈爆炸後，原子能軍事用途已移交給民間組織。

　　1946年美國原子能委員會成立。

　　1954年美國准許開發商用核電。日本政府突然提出核電預算。

　　1956年日本原子力委員會（AEC）開張。委員長正力松太郎是媒體読売新聞社長，並就任科学技術庁長官。

　　1957年烏克蘭烏拉爾核子事件。英國溫卡樂（Wincale）核子反應爐火燒事件，第5級。

　　1959年美國聖蘇珊娜現場實驗室（Santa Susana Field Laboratory）核子事件。

1961年SL-1（固定低功率反應爐1號）核子事件。

1973年阿拉伯—色列戰爭、石油危機。訂立能源三大定律以支援城市財源（自1980年代起，核子反應爐在中東受到攻擊）。

1974年美國APC分成核能管理委員會和聯邦能源研究發展署。

1978年福島3號反應爐因操作失誤，造成臨界事故，消息被封鎖，類似事故層出不斷。

1979年美國三哩島燒毀，第5級。

1986年烏克蘭車諾比燒毀，第7級。有數十位工作人員死亡，到2004年，死亡人數達9,000人，而85萬工作人員當中有55,000人死亡。

1999年滋賀縣臨界事故隱瞞到2006年。日本茨城縣東海村JCO核燃料處理工廠臨界事故。

2001年9月11日發生恐怖分子駕機撞毀美國紐約貿易中心大樓的襲擊事件。

2003年伊拉克戰爭。

2007年日本新潟縣中越沖地震和柏崎刈羽核電廠

火燒事件。大浪造成冷卻水洩漏。

　　2010年福島第一核電廠2號核子反應爐事件，全廠停電。

　　2011年福島第一核電廠熔毀。3月12日1號、2號和3號和核子反應爐爆炸，第4~5級。4月15日NISA宣布第7級。

後記

　　日本在原子彈轟炸廣島和長崎後66年遇到災難，福島核電廠事件對世界依賴核電提出警告。大自然對所有生命，都是又豐富又寶貴。

　　強勁海嘯也教訓我們，「減少損失」比「大力防衛」更為重要。一旦堅固防水牆被衝破，海嘯就會摧毀一切。對其他領域也是有用的概念。

　　在3月11日的三重悲劇後，尤其是福島核電事件後，日本對更佳未來的選擇，有點擔心。然而，只要無人能夠控制核裂變，就不能說「和平能源」。我們若無學習到福島核子事件的教訓，恐怕還會面對另一次核能事件。

　　德國總理梅克爾（物理學家）支持核電直到3月11日，立刻毅然決定改變能源政策。

日本與外國快速呼籲其國民疏散的行動相反的是，政府指出人民逃離25公尺區域，會擴大災害。人命豈可漠視？

　　大多數日本人甚至不知道已興建55座反應爐。「安全神話」毀掉日本。為何日本有那麼多核電廠？傳說核子燃料可用於原子彈。日本要成為原子彈國家的信仰在哪裡？

　　我們經歷過經濟高度成長，看到科技摧毀自然。自然是人類生命之所寄。核子事件是最大摧毀者。只有原子能工業，不能代表一切。農業、林業、漁業、食品製造業，以及許許多多人民正在受害中。

　　過去二十年來，由於泡沫經濟破滅，日本看似一艘鐵達尼號。這艘失事船隻會沉沒嗎？

　　樂觀和悲觀交替出現。自從3月11日悲劇後，我發表的詩收集在此書裡。有部分在某些國際詩歌節朗讀過。我衷心感謝詩人朋友和翻譯者。

　　在艱困的日子裡，世界各地的人民熱誠幫助我們，真是甜美的記憶。

事實和意見都被掩蓋，直到事件發生才公之於眾，而公共意志是集體美事。

我但願福島居民能回到故鄉生活，不再有核子事件。我們不必失落心中的虹橋，追求更好的未來。

森井香衣

語言文學類　PG1611　名流詩叢21

66詩集
——大地震·海嘯和福島

原　　著 / 森井香衣（Kae Morii）
譯　　者 / 李魁賢
責任編輯 / 徐佑驊
圖文排版 / 周妤靜
封面設計 / 王嵩賀

發 行 人 / 宋政坤
法律顧問 / 毛國樑　律師
出版發行 / 秀威資訊科技股份有限公司
　　　　　114台北市內湖區瑞光路76巷65號1樓
　　　　　電話：+886-2-2796-3638　傳真：+886-2-2796-1377
　　　　　http://www.showwe.com.tw
劃撥帳號 / 19563868　戶名：秀威資訊科技股份有限公司
　　　　　讀者服務信箱：service@showwe.com.tw
展售門市 / 國家書店（松江門市）
　　　　　104台北市中山區松江路209號1樓
　　　　　電話：+886-2-2518-0207　傳真：+886-2-2518-0778
網路訂購 / 秀威網路書店：http://www.bodbooks.com.tw
　　　　　國家網路書店：http://www.govbooks.com.tw

2016年9月　BOD一版
定價：200元
版權所有　翻印必究
本書如有缺頁、破損或裝訂錯誤，請寄回更換

Copyright©2016 by Showwe Information Co., Ltd.
Printed in Taiwan
All Rights Reserved

國家圖書館出版品預行編目

66詩集：大地震.海嘯和福島 / 森井香衣著；李
魁賢譯. -- 一版. -- 臺北市：秀威資訊科技，
2016.09
　　面；　公分. -- (語言文學類；PG1611)(名
流詩叢；21)
　　BOD版
　　ISBN 978-986-326-392-0(平裝)

861.51　　　　　　　　　　　105013866

讀 者 回 函 卡

感謝您購買本書，為提升服務品質，請填妥以下資料，將讀者回函卡直接寄回或傳真本公司，收到您的寶貴意見後，我們會收藏記錄及檢討，謝謝！如您需要了解本公司最新出版書目、購書優惠或企劃活動，歡迎您上網查詢或下載相關資料：http:// www.showwe.com.tw

您購買的書名：_____

出生日期：_____年_____月_____日

學歷：□高中 (含) 以下　　□大專　　□研究所 (含) 以上

職業：□製造業　□金融業　□資訊業　□軍警　□傳播業　□自由業
　　　□服務業　□公務員　□教職　　□學生　□家管　　□其它____

購書地點：□網路書店　□實體書店　□書展　□郵購　□贈閱　□其他

您從何得知本書的消息？

　　□網路書店　□實體書店　□網路搜尋　□電子報　□書訊　□雜誌
　　□傳播媒體　□親友推薦　□網站推薦　□部落格　□其他_____

您對本書的評價：(請填代號　1.非常滿意　2.滿意　3.尚可　4.再改進)

　　封面設計____　版面編排____　內容____　文／譯筆____　價格____

讀完書後您覺得：

　　□很有收穫　□有收穫　□收穫不多　□沒收穫

對我們的建議：_____

_____

_____

_____

請貼
郵票

11466
台北市內湖區瑞光路 76 巷 65 號 1 樓

秀威資訊科技股份有限公司　　　收

BOD 數位出版事業部

∙∙

（請沿線對折寄回，謝謝！）

姓　　名：＿＿＿＿＿＿＿＿＿　年齡：＿＿＿＿　性別：□女　□男

郵遞區號：□□□□□

地　　址：＿＿＿＿＿＿＿＿＿＿＿＿＿＿＿＿＿＿＿＿＿＿＿＿＿

聯絡電話：(日) ＿＿＿＿＿＿＿＿＿＿　(夜) ＿＿＿＿＿＿＿＿＿＿

E-mail：＿＿＿＿＿＿＿＿＿＿＿＿＿＿＿＿＿＿＿＿＿＿＿＿＿